ÉPÎTRE

AUX

ARMÉES FRANÇAISES.

DE L'IMPRIMERIE DE A. BELIN,
Rue des Mathurins-St.-Jacques, N°. 14.

ÉPÎTRE

AUX

ARMÉES FRANÇAISES.

PAR R....

<hr>

A PARIS,

Chez DELAUNAY, Libraire, Palais-Royal.

1814.

ÉPÎTRE

AUX
ARMÉES FRANÇAISES.

Oui, c'est pour vous, Français, invincibles guerriers,
Dont le front glorieux est couvert de lauriers,
Que ma Muse aujourd'hui fait résonner sa lyre.
Vos travaux immortels, que l'univers admire,
Les milliers de combats affrontés par vos fers
Ne seront point ici l'aliment de mes vers ;
Mais de la vérité l'harmonieux langage,
De vos yeux obscurcis veut lever le nuage.

Vingt ans votre vaillance a signalé vos bras ;
La victoire vingt ans a marché sur vos pas.
Aujourd'hui que l'Europe a terrassé la guerre,
L'on voit presque allumer votre ardente colère ;
Vous vous dites vaincus au retour de la paix ;
Vous savez trop mourir pour succomber jamais.
Jaloux de votre honneur autant que de la gloire,
Laissez donc en repos sommeiller la Victoire ;
Laissez donc l'univers, ébranlé par vos coups,
Dans une heureuse paix respirer avec vous.

L'on chérit les climats où l'on a pris naissance :
Seriez-vous indignés du bonheur de la France ?
Aimeriez-vous encore, ennemis des Français,
Troubler de leurs climats les premiers jours de paix ?
Du tigre, du lion, vous avez le courage,
Mais si comme eux toujours vous aimez le carnage,
Je vais par des tableaux, trop connus de vos yeux,
Montrer ce qu'ont produit vos exploits glorieux.

De nos dissensions la première étincelle
Alluma dans votre âme une audace nouvelle ;
Le désir de la gloire accrut cette valeur ;
Vous eûtes du dieu Mars la belliqueuse ardeur ;
L'on vous vit de la France agrandir les frontières ;
Le globe épouvanté redoutait vos bannières ;
Ce fut dans ces momens où tout tremblait sous vous,
Que le Corse apparut pour diriger vos coups :
Son audace excita votre indompté courage,
A ce guide trompeur vous rendîtes hommage.
Jamais il n'aurait dû présider aux combats ;
Mais alors il sut plaire et tromper les soldats.

Le héros en tout tems sait conserver ses armes,
Sage dans la victoire il prévoit les alarmes ;
Mais le faux conquérant, ou l'homme ambitieux,
Va comme un insensé ravager tous les lieux :
Tel était ce guerrier, jaloux de votre gloire,
Dont les siècles sans fin flétriront la mémoire.

Avec rapidité je suis ses pas sanglans :
S'il a fait quelque bien , s'il eut quelques talens ,
Mon langage sincère , ami de la vaillance ,
Va faire en sa faveur incliner la balance ;
Mais si de ma patrie il creuse le cercueil ,
Si son bras inhumain la recouvre de deuil ,
Si les nombreux soldats que toujours elle enfante ,
Ne servent qu'à nourrir sa passion sanglante ,
Comment peindrai-je alors ce funeste héros ,
Dont les pas sont marqués par autant de fléaux ?

Loin des murs de Toulon , pour étonner le monde ,
D'innombrables vaisseaux , sur les plaines de l'onde ,
Entraînés par ce Corse au rivage africain ,
Vous ont-ils fait jouir d'un plus heureux destin ?
Vous avez en Égypte enchaîné la victoire ;
Votre lutte immortelle est un titre à la gloire ;
Mais vos os dispersés dans ces brûlans déserts ,
Attesteront toujours vos funestes revers.
Les villes de Syrie ont croulé sous vos armes ;
Par vous jusqu'à Sienne on a versé des larmes ;
Et par tous les succès de vos nombreux combats ,
Enfin l'on vous a vus maîtres de ces climats.
Mais tandis que l'Egypte, asservie à la France ,
Implorait en secret l'instant de la vengeance ,
Celui qui vous guida vers ces sauvages lieux
N'osa-t-il point braver le Dieu de nos aïeux,

De ce chef imposteur vous savez le langage :
Mahomet dans le Caire a reçu son hommage ;
Il a, souple et perfide, embrassé l'alcoran,
Et son bras a posé sur son front le turban.

L'homme impie a toujours le crime en sa puissance :
Aussi votre héros, le Néron de la France,
N'a-t-il pas jusqu'à vous étendu sa fureur ?
Jaffa frémit encor d'un souvenir d'horreur !
Là, parmi vos guerriers, la peste au front livide
Promenait dans vos rangs son ravage homicide,
Quand le Corse, plus qu'elle affamé de trépas,
Tranche avec le poison le destin des soldats.

Je ne signale point sa fuite trop rapide :
Les Français oubliés par cette âme perfide,
Du cachet de la honte en flétrissant son front,
L'ont assez recouvert d'un éternel affront.

Mais quand du consulat vous le vîtes le maître,
Que sa puissance alors ne faisait que de naître,
Il doit vous souvenir qu'enflé de sa grandeur,
Il entraîna vos pas au champ de la valeur :
Par vous il sut dompter les plaines d'Italie ;
Marengo fut couvert du sang de sa furie.
Là des revers nombreux menaçaient vos guerriers,
Quand Desaix y cueillit le plus beau des lauriers.
Ce soldat valeureux y fixa la victoire :
Heureux d'y succomber, il conserva sa gloire ;

Car le Corse jaloux de tous les grands héros,

Aurait bientôt flétri ses éclatans travaux.

Toujours le vrai mérite outrageait sa puissance.

Que de guerriers, fameux par leur rare vaillance,

Ont affermi de fois ses trop vastes États,

Pour vivre diffamés, ou subir le trépas.

Que firent donc alors vos brillantes conquêtes ?

L'olivier de la paix vint-il orner vos têtes ?

Fûtes-vous plus heureux par vos exploits divers ?

Non, ce fut le signal pour troubler l'univers.

Le Consul a juré d'éterniser la guerre,

Il veut ranger sous lui l'Empire de la terre;

Cent Rois l'ont outragé par leurs rangs, leurs vertus,

C'est par vous qu'à ses pieds il les veut confondus.

Sa loi sur les humains s'échappe de sa bouche,

La France est ravagée à cet ordre farouche :

Le père sur ses fils a perdu tous ses droits ;

Les mères, les enfans gémissent à la fois ;

Des bataillons nombreux sont pris dans les campagnes ;

De vigoureux guerriers s'arrachent des montagnes ;

Le pouvoir tyrannique enfante des soldats :

Tout vole au champ d'honneur affronter les combats.

Mais dès les premiers tems d'une guerre sauvage,

S'il est quelque guerrier échappé du naufrage,

Que sa bouche fidèle, en condamnant ces vers,

Dise pour qui la France ébranla l'univers;

Pour qui des flots de sang ont coulé sur la terre ;
N'est-ce pas ce mortel à l'âme sanguinaire,
Ce soldat sans aïeux qui monte au consulat,
Orgueilleux de changer de fortune et d'état,
Trop sûr que par vos fers tout va courber la tête,
Qui voulut de la terre en faire sa conquête.
Le fil de tant de maux n'est point dans mes discours ;
Le torrent des horreurs ne cessa point son cours.
Plus le monstre a du sang, plus il en veut répandre.
Vous allez à sa voix mettre l'Europe en cendre.
Du nord jusqu'au midi tout craint votre valeur ;
Vos pas sont devancés par l'effroi, la terreur.
Vous courez à la mort, vous fixez la victoire ;
Vous détrônez des Rois pour élever sa gloire :
C'est vous qui combattez, et lui seul est vainqueur ;
Les tourmens sont pour vous, pour lui seul est l'honneur.
C'est lui dont la vaillance enfante des miracles ;
Son bras est le dieu même, et ses mots des oracles ;
Tandis que mille fois vous bravez les destins
Pour affermir un sceptre indigne de ses mains.
Dirai-je les combats, les noires funérailles,
La misère, le deuil, les sanglantes batailles,
Les rois anéantis, les états renversés,
Le destin malheureux des Français dispersés,
Pour satisfaire au goût d'un étranger perfide ?
Vainement du coursier j'aurais l'essor rapide,

Vainement de l'éclair j'aurais l'agilité,
Jamais je n'atteindrais votre cours redouté.
Aujourd'hui c'est Friedland qui tremble sous vos armes ;
Austerlitz, Ulm, Eylau sont en proie aux alarmes ;
La Prusse est ravagée et tombe sous vos coups ;
Le Germain par deux fois ressent votre courroux ;
Les murs de Varsovie ont connu votre audace ;
Le feu, le fer, la mort ont marqué votre trace ;
Le nord s'est inondé du pur sang des Français ;
Vos corps ont engraissé ses sauvages guérets.
Et pour qui tant de maux, pour qui tant de ravage ?
Aviez-vous, avant tout, la justice en partage ?
La patrie avait-elle essuyé des affronts ?
Non : c'était d'un mortel les transports furibonds,
Qui, pour verser le sang de l'Europe alarmée,
Des Français, tous les mois, immolait une armée.
O crimes inouis, qu'ignorait l'univers !
Un être insidieux créé par les enfers,
Un homme qui de rien commande sur la France,
Qui fait trembler les rois du bruit de sa puissance,
Trop étroit sur le trône où sont morts les Louis,
Veut voir entre ses mains dix sceptres réunis.
Par lui des Castillans le paisible héritage
Ne s'est-il pas couvert d'un trop affreux carnage ?
Qu'avait fait ce bon peuple amoureux de son roi ?
Ami du nom français, nous comptions sur sa foi ;

Ses trésors à grands flots ruisselaient sur la France,
Ses guerriers dans vos rangs prenaient votre défense.
Le tigre est envieux de ces riches états :
Dociles à sa voix, vous volez aux combats ;
Vous ignorez ses vœux, vous assurez ses crimes ;
Instrumens de ses maux, vous êtes ses victimes.
Quel déluge d'horreurs ! que de meurtres divers !
Que de sang, que de morts ont fait enfler les mers !
Et que de cruautés difficiles à croire,
Mais dont le monde entier a trop connu l'histoire,
Ont marqué de vos pas les ravages affreux !

Détournons nos regards d'un pays malheureux.
Vous suiviez d'un tyran les ordres sanguinaires,
Vos mains étaient alors, comme lui, meurtrières.
Mais tandis que de sang le Tage enflait ses eaux,
Que Lisbonne courbait son front sous tant de maux,
L'auteur de vos tourmens, le vautour de la France,
Jusqu'où fuit le Volga veut montrer sa puissance.
Vous l'avez élevé, vous devez le servir.
Pour lui, ce qui respire est créé pour mourir ;
Sa destructive voix a proclamé la guerre,
Vous êtes ses géans, vous enjambez la terre.
Sous vous tout fuit, tout tombe et se trouve éperdu ;
Varsovie est soumis et Moscou s'est rendu.

Enfin l'Europe entière est donc votre conquête ;
Le Nord fléchit sous vous son orgueilleuse tête ;

Et l'homme ambitieux, qu'ont élevé vos dards,

Repose avec fierté dans la cité des Czars.

Mais ce chef de vos rangs, ce guerrier sans prudence,

Pour protéger vos jours sur un empire immense,

A-t-il des élémens ignoré la rigueur?

Ou s'en croit-il encor le maître et le vainqueur?

A-t-il pour son armée assuré des asiles?

Quels sont les alimens, les chemins et les villes

Qui vous protégeront contre un rigoureux sort?

Pour prix de tant d'audace on vous livre à la mort.

L'ignorance a hâté l'instant de la justice;

Votre chef orgueilleux prépare le supplice;

L'on embrase Moscou par son ordre cruel;

La flamme en tourbillons monte aux voûtes du ciel.

D'une cité fameuse il n'est plus que la cendre;

Ses ruines de feu ne peuvent vous défendre.

Le front ceint de lauriers, vous reculez vos pas;

Mais le géant du Nord, plus fort que les combats,

Tout couvert des glaçons qu'engendre son haleine,

Avec rapidité contre vous se déchaîne.

Tout cède à sa fureur, tout tombe devant lui;

Pour vous plus de refuge, aucun lieu, point d'appui;

Vous errez par milliers sur des déserts sauvages,

Sur vous les aquilons étendent leurs ravages,

Et pour prix signalé d'avoir soumis le Nord,

Sous des monts de frimas vous recevez la mort.

Mais laissons à Clio ce récit effroyable,

Un seul homme a tout fait, un seul homme est coupable ;

Et son âme ulcérée , en vous immolant tous,

N'arrête point encor son désastreux courroux.

Déjà sa loi mortelle a parcouru la France ,

De nouveaux bataillons vont servir sa vengeance ;

Les soldats , les coursiers naissent de toutes parts ;

Du sol de la patrie on franchit les remparts ;

Vous marchez aux combats pour fixer la victoire ,

L'on vous offre la paix sans flétrir votre gloire ,

Mais le Corse affamé de meurtre, de trépas ,

Sous les remparts de Dresde immole vos soldats.

Des monarques unis suspendent les alarmes ;

Le carnage des camps ne souille point leurs armes ;

Pour vous seuls à Leipsick la paix est dans leurs mains ,

Votre chef la refuse, il tente les destins ;

Et vos membres épars sur l'arène sanglante,

Assurent des vainqueurs la marche triomphante.

C'est alors que partout nos cités, nos remparts,

Sous les fers alliés tombent de toutes parts ;

Du nord jusqu'au midi , du couchant à l'aurore ,

C'est la main des vainqueurs qui protège ou dévore.

Où donc est ce héros, ce destructeur des rois,

Celui dont l'univers devait subir les lois ?

N'est-il donc plus le maître, ou l'effroi de la terre ?

N'a-t-il plus en sa main les foudres de la guerre ?

Un revers pourrait-il étouffer sa valeur ?
N'a-t-il plus son audace, ou sa même fureur ?
Cet empire envahi , sa couronne outragée,
Ses frères détrônés , la France ravagée,
Ses lauriers éclatans avilis sur son front,
Ne sont donc plus pour lui le comble de l'affront ?
C'en est fait du grand homme , il n'est plus de prestiges ,
Le héros disparaît , comme aussi ses prodiges ;
Sa funeste ignorance a dessillé les yeux ;
Ce n'est plus Encelade escaladant les cieux ,
C'est un mortel obscur courbé sur la poussière,
Qui tremble au seul aspect de perdre la lumière.

Guerriers , vous le voyez , cet œuvre de vos mains !
Votre mâle énergie éleva ses destins ;
C'est par vous que son front a resplendi de gloire ,
C'est par vous qu'en tous lieux il domptait la victoire ;
Vous le fîtes terrible à force de travaux ,
Et son cœur ulcéré jamais n'a plaint vos maux.
A-t-il de vos tourmens adouci la souffrance ?
Avez-vous une fois béni sa bienfaisance ?
Au milieu des combats , sur vos membres épars ,
A-t-il avec pitié promené ses regards ?
Vous a-t-il secouru quand , poursuivant la guerre ,
Vous étiez en monceaux entassés sur la terre ,
Et que là plusieurs jours privés de traitemens ,
Vous y trouviez la mort à force de tourmens ?

Des millions de vous, immolés par sa rage,

Ont-ils pu désarmer sa passion sauvage,

Et jamais d'une larme a-t-il mouillé ses yeux ?

Pour lui notre patrie est un sol odieux ;

Ses lois, aux sombres bords font descendre nos pères ;

Nous perdons aux combats nos amis et nos frères ;

Nos gémissantes sœurs vieillissent près de nous ;

Leurs amans immolés les ont privés d'époux ;

Nos arts sont avilis, nos campagnes désertes ;

D'indigence et de deuil nos cités sont couvertes ;

Tout gémit, tout succombe à force de valeur,

Et la France envahie est en proie au vainqueur.

Français, les voilà donc ces vingt ans de victoire !

Voilà donc le produit d'un long règne de gloire !

La foudre accumulée éclate parmi nous,

Et pourtant plus heureux nous bénissons ses coups.

Que serait-ce aujourd'hui si, pour prix du courage,

Un vainqueur tout-puissant nous offrait l'esclavage ?

Si l'on vengeait sur nous tous les fléaux divers

Qu'un tigre répandit en conduisant vos fers ?

Mais non, nous bénissons ce qu'ont produit vos armes ;

Vos triomphes pompeux, votre gloire, nos larmes,

Nos trésors confondus, vos généreux efforts,

Du fatal édifice ont brisé les supports.

Alexandre a franchi nos trop vastes frontières,

Il protège nos jours, écoute nos prières ;

Louis nous est rendu , voilà le plus grand bien ;
Louis est votre père , il est votre soutien.
Déjà de ses bienfaits il vous couvre lui-même :
Les d'Artois , les Conti , les Condé , d'Angoulême ,
Noble sang de sa race et belliqueux soldats ,
Voilà ceux qu'il destine à diriger vos pas.
Dupont , Berthier , Eugène entourent sa personne ;
Ney , Marmont , Augereau protègent sa couronne ;
Comme eux aimez ses lois ; méritez ses bienfaits ,
Son cœur fait pour aimer est le cœur d'un Français.

FIN.